Pourquoi la girafe a-t-elle un long cou ?

Un conte d'Albena Ivanovitch-Lair
illustré par Maud Legrand

À Emma Luciana Ivanovitch.
A. I.-L.

Père Castor • Flammarion

ISBN : 978-2-0813-4413-6 – ISSN : 1768-2061

Autrefois, dans les temps anciens,
la girafe était pataude : courte sur pattes,
elle avait un tout petit cou et une queue ridicule.
Elle ne possédait ni l'élégance de l'antilope,
ni la rapidité du zèbre.
Mais ses grands yeux marron
lui donnaient un regard tendre et doux.

Girafe était l'amie de tous
car la paix régnait alors
entre les animaux de la savane africaine.
Seul Crocodile faisait bande à part.
Réputé pour sa paresse et sa méchanceté,
il n'attirait pas la sympathie.

Un jour, Crocodile ne fit qu'une bouchée d'un grand poisson.
Mais, glouton comme il l'était,
il avala en même temps une branche qui flottait sur l'eau.
Crocodile ressentit aussitôt une terrible douleur :
le bâton s'était coincé en travers de sa gorge !

Il eut beau se démener : rien n'y faisait !
Ses pattes étaient trop courtes
et il ne parvenait pas à s'en dépêtrer.
Le crocodile donna dans l'eau
de furieux coups de queue.

Attirée par le bruit, Girafe s'approcha de la rivière
et tous les autres animaux la suivirent.
Ils découvrirent Crocodile
qui se tortillait dans tous les sens,
tentant désespérément de se débarrasser
de la maudite branche.

Crocodile roula vers eux de grands yeux suppliants.
Mais tous restèrent prudemment loin de l'eau.

Seule Girafe s'avança à petits pas vers Crocodile.
Des deux côtés de la rivière, ses amis lui crièrent :
– Attention ! Sois prudente !
– N'y va pas !
– C'est un filou ! Méfie-toi !
– Ne lui fais pas confiance !

Mais Girafe avait bon cœur.
En voyant les grosses larmes
qui ruisselaient sur les joues de Crocodile,
elle eut pitié de lui et continua d'avancer.

Crocodile sortit tout doucement de l'eau
et tourna vers Girafe sa gueule grande ouverte.

Alors Girafe plongea la tête à l'intérieur,
et, du bout des dents, sortit délicatement la branche.
Crocodile soupira de soulagement :
– Merci, chère amie, me voilà sauvé.
Cependant, continua-t-il en se raclant la gorge,
je sens qu'il me reste un petit éclat de bois planté tout au fond.
Puis-je compter sur votre adresse pour me l'enlever ?
– Mais certainement, sourit Girafe, toujours confiante.

Girafe mit de nouveau sa tête
dans la gueule grande ouverte de Crocodile.
Erreur fatale !
Fidèle à sa nature,
Crocodile ne put résister à la tentation.

CLAC !!!
Il referma sa mâchoire sur le museau de sa sauveuse,
et commença à la traîner dans l'eau.

Indignés, ses amis se précipitèrent au secours de Girafe,
en criant sur Crocodile :
– Ingrat !
– Tricheur !
– Menteur !
– Bandit !

Antilope s'agrippa à l'une des pattes avant de Girafe,
Gazelle attrapa l'autre.
Zèbre s'accrocha à l'une de ses pattes arrière,
Gnou prit la seconde,
tandis qu'Autruche saisissait sa queue.

Tous les cinq tiraient de toutes leurs forces Girafe vers la rive,
pendant que Crocodile essayait de l'entraîner vers les profondeurs.

Singe grimpa dans un arbre et commença à lancer des noix de coco sur la tête de Crocodile. Et toute sa famille en fit autant.

De leur côté, Zèbre, Gnou, Gazelle et Antilope s'arc-boutaient de tout leur poids sur le rivage pour retenir Girafe qui se débattait.

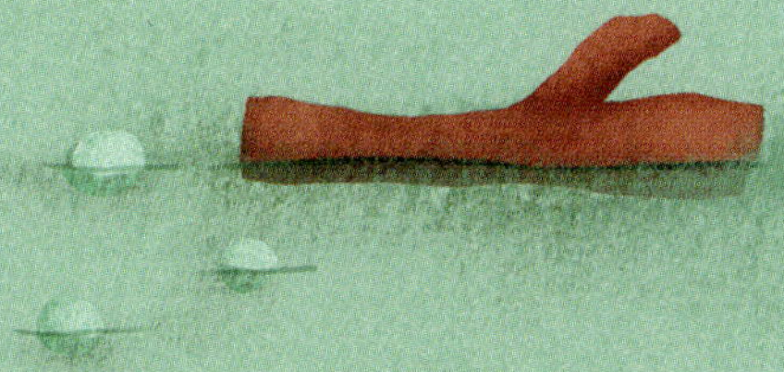

Face à tant d'adversaires,
Crocodile finit par lâcher le museau de Girafe,
et plongea aussitôt pour fuir le jet de noix de coco.

À la surface de l'eau,
il ne resta plus que quelques bulles
et la branche qui flottait à nouveau.

Ses amis tirèrent Girafe au sec sur la rive.
Zèbre, Gnou, Gazelle, Antilope, Autruche et Singe l'observaient pendant qu'elle reprenait son souffle.
Ils étaient si contents de lui avoir sauvé la vie.

Mais quelle surprise quand Girafe se remit sur ses pieds !
Elle était maintenant perchée
sur d'immenses jambes, fines et délicates.
Sa tête se balançait gracieusement
au bout d'un long cou étiré,
et sa queue descendait presque jusqu'au sol.

Depuis, toutes les girafes sont ainsi.
Et ce sont elles qui montent la garde dans la savane africaine.
Grâce à leur grande taille, elles peuvent repérer de loin
les dangers et en avertir leurs amis.

Imprimé par Pollina, Luçon, France - L72634A – 07-2015 – Dépôt légal : août 2015
Éditions Flammarion (n° L.01EJDN001094.N001) – 87 quai Panhard-et-Levassor, 75647 Paris Cedex 13
Loi n° 49-956 du 16 juillet 1949 sur les publications destinées à la jeunesse